Wonderful

원더풀 당신!

Wonderful

임효림

Wonderful

청어 도서출판

과거는 추억이니
가슴에 고이 묻고
미래는 오지 않은 구름이니
미리 겁먹지 않고
나는 오직
현재만을 살겠네

내게 내리쬐는
햇빛과 바람과 비를 통해
긍정을 뿌리내리고
행복을 꽃피우고
꿈을 열매 맺으며
타인과 함께 진정한
삶의 향기 나누겠네

저자 임효림

제2장   **원더풀 당신!**

제3장   **아름다움이여**

제4장 **행복은 찾아가야 제맛이지**

제5장 화려한 나, 당당한 나, 웃자!

제1장
. . . .
날마다 웃는 날,
날마다 행복한 날

오늘도 살아 있는 당신

오늘도 살아 있구나!
당신의 하루에
감사합니다

술렁술렁이는 우리는
오늘도 웃고 있구나!
나의 하루에
또 감사합니다

건강한, 당신
행복한, 우리
감사한, 나

오늘도 원더풀 당신아!
날마다 웃는 날,
날마다 행복한 날 되어요, 우리!

원더풀 당신!

웃으며 살라

잘 보면 너도 예쁘다 그러니까
잘 보렴

뚫어지듯 쳐다보며
아직은 어려서 그런 거야
더 힘을 내면
더 어른이 되면

참 멋진 너로 만들어질 거야
그걸 성장 속 성숙이라고 하지

마음은 그렇게
나에게 온종일 위로해 준다

마음은 그렇게
나 더러 자꾸 힘을 주며
웃으며 살라고 흔들어 댄다
고맙게 시리

미리 걱정하지 마

저 푸른 하늘 구름 속
무엇이 있는지 어찌 알리오

저 푸른 나뭇잎 사이
무엇이 살랑거리는 어찌 알리오

어제, 그리고 내일
지난날이 뭐가 그리 중요할까
아직 오직 않는 날들이 왜 그리 궁금할까

오직,
살아있고, 살고 있는

오직, 웃고 있는
오늘의 당신이 최고입니다

원더풀 당신!

당신이 세상에서 제일 아름다울 때

세상에서 제일 아름다울 때는

당신이
웃고 있을 때야

당신이
울고 있을 때야

당신이
슬퍼하고 있을 때야

당신이
행복해하고 있을 때야

당신이
내 옆에서 함께 일할 때야
알랑가 모르겄어~

제1장 날마다 웃는 날, 날마다 행복한 날

꼭 힘을 내야 해

세상 누구도 내 편이 아닐 때
새삼
더 외롭고 아프지

세상 누구도 나를 위로해 주지 않을 때
나는
나를 자책하며 슬퍼질 거야
힘들었을 거야

누구나, 누구에게든
할 수 있는 말인데
왜
나는 순간순간
나에게 솔직하게 순수하게
말하지 못했을까

힘들었을 거야
지금부터라도 말해주고 싶다 나에게
꼭! 힘내
꼭, 힘을 내야 해!

원더풀 당신!

울고 있는 나와 마주할 때

나는 울고 있는 나와 마주할 때
어릴 적
내가 울었던 그 기둥 밑이 기억난다

엄마는 욕을 하시며
왜 우는지 모른다며 화를 내시고
언닌 미치겠다며 화를 낸다
오빠는 내게 이해불가라는 표정과
한심하다는 눈빛을 보낸다
나도 사실은

내 기억 속에
내가 왜 우는지 잘 모르겠다

하지만
슬프고 아쉬웠던 기억은 있다
그 무엇이 나를 그렇게 서글퍼 만들었을까

아마도, 지금의 내 마음 같았던 기억만이… 가득하다

아무것도 후회하지 마

살면서,
후회하지 마
잘 보면
어떤 것들도 너의 잘못이 아니더라

진짜야, 맞아~
그건, 그때 그렇게 어쩔 수 없었어
그렇게 또 이렇게, 이렇게 또 저렇게
될 수밖에 없었던 일들이 많더라

그래도 다행인 건,

내가 숨 쉴 수 있었던 가장 큰 보물은
남들과는 다르게

나는
웃음과 친한 친구 사이더라
슬퍼도 웃었고
기뻐도 웃었고
늘 웃었더라

그래서 다행인 건,
오늘도 웃으며 나는 숨을 쉰다

원더풀 당신!

때론, 앞만봐 그리고 웃어봐

자꾸만
뒤돌아보면
앞에 보이는 것들이
희미해질 때가 있어 그러다 보니
작은 용기도 사라지기 마련이지

자꾸만
뒤돌아보면
내가 하고 싶었고, 가고자 하는 것들이
무의미해질 때가 있어 그러다 보면
자신감과 자존감도 사라지지

때론,
묵묵히
앞만 봐
그게
때론
가장 지혜로운 너다운 일이 될 거야

그리운 그 시절

설레는 그 마음은 하늘 위 구름 한 조각처럼
떠돌아다녔다

보고 싶다는 생각이 들 때
나는 알게 되었다
내가 사춘기를 앓고 있음을

내가 보낸 쪽지가 부담스러웠을까
모른 체한다
무심한 체한다

그 시절

사랑하는 마음이
사랑스런 마음이
오래도록 남아있는 건

순수했던 우리들의 젊은 날들의 한 페이지였기에…
더욱더 그리운 듯 해

메아리 웃음소리

메아리치며 나에게
힘내라고 외치지만
위로가 되지 않았다

누군가가 나에게
한마디 건네면
그 또한 시리고 아팠던 순간

뒷동산
메아리 되어 울먹이는 내 목소리는
누구에게도 들키고 싶은 않은

산이 부르는 소리에만
답하고 싶은 날이었다

산이 부르는 소리에 귀를 대보니 이렇게 말하고 있다
너는 아무렇지 않을 거야
힘내봐 그리고 웃어봐, 하하, 호호, 히히, ㅎㅎ
웃다 보니
스치는 바람소리가 메아리 되어 웃어준다

하루 생각

긴 하루가 내려앉을 즈음
내 목뒤로 흐르는 안도의 한숨
오늘, 하루도 임효림 원장!
너! 참 잘했어
너! 진짜 멋졌어
너! 너라서 잘한 거야
덕분에
오늘,
하루도 무탈한 내 삶이 감사하구나
하루를 보내며 내 이 순간에 고맙구나

내 마음의 정리는 내일을 향한
또 하나의 희망의 씨앗이 되어간다

사랑하고, 또 사랑합니다

언제 들어도 힘이 나는 말 한마디
당신은 나의 힘입니다

도움을 주려고 애쓰지 않아도 됩니다
감사함으로 그냥 그 자리에 있어 주세요

그런
당신을 내가
사랑합니다
영원히…

제1장 날마다 웃는 날, 날마다 행복한 날

희망의 날

웃음을 잊지 않으려 했어요
내가 행복해야 하니까

웃지 않으면
나에게
희망의 날이 없어질 것 같으니

나에게
힘을 주는 날

오늘이 희망의 날
바로 그날이네요

강의를 잘하고 나오니,
교육생이 저에게
차 한잔 사주고 싶다며
아름다운 카페로 들어가네요

그리곤 손을 잡고 이렇게 말하네요
당신을 만난 오늘이 저에게 희망의 날입니다

원더풀한 당신의 이름은 선희

원더풀 당신!

그래도

아픔이 많은 당신에게
슬픔을 안겨주는 나는
참 바보스럽습니다

사랑을 주어야 하는 당신에게
아픔을 주는 나는
참 안타깝습니다

그런 나에게
당신이 말해주었죠

그래도 된다고
그래도 아무렇지 않다고
그리고 활짝 미소 지으며 웃어주었죠

고맙습니다

예뻐지고 싶은 마음

누구나 예쁜 마음으로 살고 있죠
누구나 그런 마음이 영원하길
바라고
바라는 거랍니다

우리는
예뻐지고 싶은 마음
간절하게 기도합니다

오늘도 내일도 모레도
예뻐지고 싶은 마음으로 살아갈 수 있게…

원더풀 당신!

작은 연못

나는 아주 작은 연못 피라미

내가 헤엄치며
지느러미를 펴고 다닐 수 있는
아주 넓은 이 연못은
내가 왕이요 주인이라네

오늘도 나는 내 안의 작은 궁전에서 활보하며
날아다니고 있다네

남이 보기엔 아주아주 작지만
남이 보기엔 답답해 보이지만

나에겐
천국이라네

내 마음의 힘처럼

다 그렇게

아픔과 슬픔이
하나가 되어 밀려들듯이

행복과 기쁨도
하나가 되어 찾아오더라

다 그렇지 않듯이
다 그렇게 아프지만 않듯이
다 그렇게 슬프지만 않듯이

또한
다 그렇게 웃을 수만 있는 것도 아냐
다 그렇게 기쁠 수만 있는 것도 아냐

하지만, 우린
다 그렇게 힘을 내보고
다 그렇게 웃어보고
다 그렇게 안아주는 거야

다 그렇게

원더풀 당신!

기억만큼

상처는 기다리면 없어지는 게 아니다
아픔이 머무른 만큼
상처는 기억되는 것이다

아픔을 이기는 연습이 필요하다
연습하다 보면
내가 나를 만나는 정점에 이르지

그때
다 떨어버릴 수 있는
완전한 내가 되어야 한다
우리들은 그렇게

지금껏 힘을 내며 살아온 것이다
아픔이 상처로 남지 않게
하는 연습을 하는 중이야

겸손이 주는 힘

잘하는 사람은 말하지 않는다
싫다, 좋다를

잘하는 사람은 흉보지 않는다
저렇고, 이렇고를

잘하는 사람은 잘난 체하지 않는다
내가 이런 사람이야

겸손이 주는 힘은
그 사람의 모든 것을 한마디로 정의해 준다

'존경하고 싶은 분'

지우개 같은 날

사랑하는 날들도
이별의 날들도
아픔의 날들도
기쁨의 날들도

모두 소중한 기억이다
모두 아름답길 희망한다

지우개 같은 날들까지도

패랭이꽃처럼

패랭이꽃, 그 처연한 빛처럼
순수한 사랑을 전해주는
사랑 하나

그 속으로
스스르

아무 소리 없이
스며들어 가는 밤

가로등 불빛이 더 환하게 빛나네요

원더풀 당신!

그리운 이의 소식

잘 사는지
어디서 사는지
무엇을 하며 살고 있는지

오래된 친구의 소식이 궁금해
SNS 찾아
하나하나 짚어
들어가 보니

무소식이 희소식이겠지 생각했던 친구는
사진 속 밝은 미소로
소식을 전하네

마음 하나

작은 불빛의 희망이
내 마음을
환히 비추어 주니

한결 가벼워진
마음 한 조각이
구름 따라 흐르네

깃털처럼 가벼이……

원더풀 당신!

그대로 그렇게

아픈 건 그냥 아픈 대로
받아들이면 되는 법

아픈데 무슨
위로의 말이 통한다는 것일까

아프면 아픈 대로 있으면 된다

그렇게 있는 그대로
너의 시간을 보내고 난 뒤,
웃고 있는 멋진 널 만나는 거야

웃음이 주는 힘이
너를 그대로 그렇게 있게 하는 거야

소통은

분명 살다 보면
다름과 차이가 있고
차별과 틀림이 있지만

우리는

서로를 이해하고 사랑하며
서로를 존중하는 사랑하는
마음 하나로 연결되어 있음을

밤하늘 수 많은 반짝이는 별처럼
자연스럽게 알게 되기에

분명
우리는 그 길의 주인공이 되어보리라

원더풀 당신!

그 눈빛

분명 아파 보였어요
당신의 그 두 눈이

기억하고 싶은 것들만
기억하라고 말은 하지만

마음은 아파서
얼굴로
눈물로

그 눈빛이 말하네요
지금 아프다고

지금 힘을 내야만
숨을 쉴 수 있다고
그 눈빛이 말하네요

나의 모든 것

넌 나의 마음이야
넌 나의 행복이야
넌 나의 아픔이야
넌 나의 회복탄력이야
넌 나의 희망이야
넌 나의 모든 것이야

넌
나에게
그런 존재야

원더풀 당신!

평행선

서로 마주 보며 달리는 선이라고
다 통하는 건 아닌 법

서로 쳐다보고 있지만
의견이 달라 어긋나기도 하지

갈림길에서도
웃으며 서로를 격려해 줄 수 있는 그런 사이

평행선의 여유로움이다
나는 널
너는 날
응원한다

그러니 파이팅

돌아보면

순간순간이 추억이었던
반짝반짝 빛나던 시간들

돌아보면
울었던 날보다
웃었던 날들이
더 많이 생각난다

돌아보면
누구나
모두가
그렇게 살아가는 시간들이었다

원더풀 당신!

내 이름은 들꽃이야

들꽃은 항상 웃는 얼굴이다
봐주는 이
하나 없는 험한 길 한복판에
아름다운 자태를 뽐내며
올 테면 와봐라!

내 이름은 들꽃이야
내 이름은 자유야
내 이름은 행복이야
내 이름은 원더풀 그녀
아름다움 그 자체야

올 테면 와봐라!
아름다운 빛과 향기로 물들일 테니

따뜻한 햇살

문틈
사이로
빼꼼히 들어서는
작은 빛 하나

어두운
내 마음을 이끌어
따뜻한 햇살이 들어서는
작은 내 방에 노크하네요

아직은
지금은
힘을 내야 할 때라고
내가 널 지켜보며 감싸주겠다고

욕심을 내는 동안

별일 없을 것이라 믿고
나에게 주어진
이 행복한 시간들을
더 행복해지기를 바라고 또 바라며
더 많은 욕심을 내는 동안

그것들이
타인에게 주는 아픔인 줄 모르고
마냥 즐겁게 욕심의 결과를 맞이하며

아픈 욕심의 마음 덩어리를
한없이
아쉬워하며 후회하네요

시간 가는 줄 모르고
시간 속 내가 나를 만나는 줄 모르고…

삶의 중심

차츰차츰
날마다 날마다
해마다 해마다

조금씩 조금씩
하나씩 하나씩
좋아지고 있는
나아가고 있는
자라나고 있는
내 삶의 중심을 잡아가자

가다 보면 아마도
참 자유의 나를 만날 수 있을 거야

진심이면 된다

세상엔
마음을 이기는 힘은 없나 보다

따뜻한 마음
행복한 마음
건강한 마음
배려하는 마음

다 모아
진심의 마음

그것이면 된다

제1장 날마다 웃는 날, 날마다 행복한 날

흐르는 대로 가자

오늘의 조바심은
내일의 두려움 속에서
또다시
어제의 나로 그곳에
머물러 있을 것이다

어색하게 굴지 말자
흐르는 대로 가자
나는 나대로 가자

그래야 내가
나를 찾아가는
행복의 여행길에
바로 설 수 있을 거야

원더풀 당신!

아쉬워하지 마라

누군가에게
아쉬워하는 얼굴
원망하는 표정은 제발이지, 이젠

하지 마라
멈춰라

그리하는 만큼 네가
더
아플지도 모르니

제1장 날마다 웃는 날, 날마다 행복한 날

소중했던 시간들

헤어짐이 연속이었기에
기억하고 싶지 않았던
수많은 시간들

익숙해질 만하면
나에게
안녕을 고하기에
잊으려 잊으려 부단히 애썼던
내 영혼 가득히 분주했던 시간들

어쩌면
그 애처로운 시간들도

나에겐
소중했던 한 조각
한 조각이었다
그 조각들 모두 모여
하나의 이야기 담아낸 그림이었다

감정의 연료

차를 몰다가 한없는 길을 가다 보면
연료가 떨어진 차처럼
덜덜 떨어댈 때가 있다
내 몸이 마치 연료가 바닥난 것처럼
그날은 유독
다른 날보다 버거운 날이었다

생각해 보면
아주 작고 사소한
아무 일도 아닌데

감정의 기복이 들쑥날쑥하다 보니
힘겹고 아픈 날들의 연속이다

힘을 내려면,
감정의 연료를 아껴라
감정은 내 몸과 마음의 중심부다

내가 되려 애쓰는 삶

우리들의 다양한
삶들
속
매일 반복되는 변화와 성장 그리고 성숙함

그 속에
우리가, 그리고 내가, 네가
잘 버티고
잘 설 수 있으니 좋구나

누구에게도 굴하지 않으며
내가 되려 애쓰니 더 고맙고
더 감사하구나

원더풀 당신!

삶은 한 조각 구름

삶은 한 조각 구름 같은 것이다

하늘을 맘껏, 날아다니는 순간순간

많은 것들을 눈으로
마음으로
담아내며
힐링하지만,

조각이 작아지고
조금씩 사라져갈 때,

허공으로 가야 하는 시간임을 알아차리며
마지막을 준비하는 구름처럼
한평생, 희로애락, 생로병사 다 겪으며
마지막을 맞이하는 우리네 인생처럼

작아지는 숨소리…
작아지는 하늘 위 뜬구름 같다

용기를 내어 조금씩 나아가면서

두려움에 떨면
아무것도 할 수 없었을 것이다

누구나 처음에는
서툴고 어려울 수밖에 없으니까

쉼 한번 고르고 쉰 뒤,
나는, 용기를 내어
차근차근 갈 수 있는 길을 찾아보았다

아주 조금씩 조금씩 나아가면서…

덕분에 지금의 화려하지만, 뽐내지 않으며
덕분에 지금의 잘났지만, 잘난 체하지 않으며,
원더풀한 내 인생의 주인공이 되었네요

붉은 태양빛

청춘의 내 하루는
항상 열정이었습니다
청춘의 내 희망은
저 떠오르는 붉은 태양처럼

뜨겁고
빛나고
아름다웠습니다

내 젊은 날의 추억은 언제나
내 오늘날의 희망을 응원합니다

나부터 행복하자

지금 이 순간,
나부터 행복하고 보자

오늘 이 순간,
나부터 잘 먹고 보자

어제의 나도, 오늘의 나도
나부터 웃고 보자
일단은
나부터 잘살고 보자

그래야 살맛 난다
그래야 살아있음을
실감할 수 있다

삶은 늘 아쉬운 법이더라

한 번만 더 할 것을
노력을 좀 더 할 것을
후회스러움이 내 맘 가득 차
아프게 하는 날들이 오지

그렇지만, 그래도, 그럼에도 불구하고

내 맘 여유는
지금이라도 잘할 수 있어 감사함이오
지금이라도 웃을 수 있어 행복함이다

내 생의 소중한 선물

첫 선물은 자식을 주셨고
건강한 내 몸뚱이로 그 자식을 잘 키웠습니다

선물에 늘 감사합니다

두 번째 선물은 건강을 주셔서
매일이 행복합니다

세 번째 선물은 제가 말을 잘하고 놀기를 좋아하는 맛과 멋을 주셔서
이 나이가 되어도 강단에서 웃음을 전파하고 있습니다

선물 항상 감사합니다

이 세상
이 모든 것이 귀한 선물이기에

다시 한번 감사합니다

원더풀 당신!

제1장 날마다 웃는 날, 날마다 행복한 날

제2장
....
원더풀 당신!

행복 꽃씨

오늘도,
행복 꽃씨가 되어

훨훨
바람 따라
나비 따라
소식 따라

이곳저곳 날아다니는
너의 이름은 무엇이니?

행복의 꽃씨 되어
어제 오지 않았던 내 행운을
내일이면 찾아와 전해주려나
찾아와 뿌리 내리고 꽃 피우려나

행복에 찬 꽃씨야
어서 와라, 어서 와~

원더풀 당신!

지금은

듣는이가
어떤 마음인지
어떤 심정인지

지금은 궁금해하지 말자

그저 나만 생각하자
지금은

자신감이 생겼어

어린 나이지만, 가난이 무엇인지는 알았어
그러나 그 시절, 어리기만 했던 나는
왜 공부를 해야 하는지 몰랐기에

그냥 보냈어, 그냥 지냈어
노는 데만 정신을 팔고
책을 보거나 글을 대하는 건 남 일처럼
그렇게 그렇게…

어느 날
가난을 이기는 건
오직 공부뿐이라는 걸 알게 된 그날
나는 이것저것 생각할 시간 없이

책 펴고 공부하며 매일매일 꿈의 발판을 마련했어
이 가난을 이기는 최고의 승자가 될 거야
이 가난은 충분해 내 상대로는

원더풀 당신!

어느 날
어디선가 나에게 다가온 자신감
그날 이후 나는 자신감이 생겼어
덕분에 나는 더 달리고 달렸어
지금의 나는

내 나무에 물을 주자

세상살이 시끌시끌해도
나는 내 일을 하며 살자

가족의 아픈 일도
내가 해결하지 못하는 일이라면
괘념치 않고 살자

속이 어지럽지만
내가 주인공이 되어 나무 몸통의 중심이 되어
버티듯 우뚝 서 있어 보자

그러다 보면
나무에는 싹이 트고,

가족에겐 서로를 이해하는 사랑이 흐르며
세상에는 존중과 배려 속에 웃음이 퍼질 것이다

그러다 보면
내 나무에 가족이 기대어 살고
세상이 그 쓸모를 찾아주고 응원하며
내가 바라던
바로 그 열매가 맺힐 것이다

원더풀 당신!

경험과 추억 안에서

쉬운 일이 하나도 없지만
열심히 가다 보면
내가 이뤄야 할 목표가
내가 가야 할 목적지가 보이는걸

나는
잘
알고 있지
잘
보고 있지

내가 살아온 날들
경험과 추억 안에서
빛나는
그 이정표

사시사철 피는 꽃

내 안에서
사계절 피어나는 꽃은
늘 향기롭고 아름답다

기분이 좋아진다
꽃들에 저마다 이름을 붙이며
그 빛깔과 향기로 인한 삶의 기쁨들은

영원히 잊지 못할
그리움에 사무친 추억 속
한 장의 그림 같은 것이다

원더풀 당신!

큰 나무

작은 나무는 그늘을 만들지도 못한다
작은 묘목은 장마를 기다리다 지쳐 시들기도 한다
아주 작은 나무 한 그루는
힘도 없고 생기도 없어 위태롭지만
사실은 작은 나무 그 녀석은
주위에서 가장 큰 나무에게
온몸의 영양분을 양보한다

작아 보이는 내 모습이지만
사실은
나는 아주 큰 사람을 도와주는 중요한 사람이다
아주 건강하고 행복한 꼭 필요한 중요한 사람이다

작아 보이는 내 모습,
그러나 큰 나무처럼 커다란 내 가치를 자랑스러워하자!

빌려드릴게! 내 어깨

기대고 싶은데
내 온몸의 기운이 다 빠져나가
서 있기조차 힘들 때

옆자리
친구가 나에게 다가와
빌려드릴게! 내 어깨
부담 없이 기대어
힘을 내면 좋겠다

내 친구야
진정한 친구구나

세상이라는 호수에 앉아

숨 벅차오르는 순간
세상이라는
넓은 광장이 나에게 무얼 줄까?
고민해봤어요

다시는 용기를 내지 못할 것 같던 날
인생이라는
커다란 호수 중앙에 서 있던 나에게
질문을 해봤어요

잘 가고 있냐고
이겨낼 힘이 있냐고
세상이라는 호수는 너에게만 버겁고 힘든 게 아니라고
그러니
다시 한번 너를 봐 달라고

사막의 오아시스

앞이 보이지 않는 높은 산
다음이 보이지 않는 굽이굽이 넘어가는 고갯길
넓어서 어디에 서야 할지 모르는 바다 중심에서
내가 할 수 있는 것들을
찾아야 했어요
내가 하고 싶은 일들을
꼭 찾고 싶었어요

사막의 오아시스를 발견하는 그 짜릿한 순간을 그리며…

원더풀 당신!

숙성된 와인처럼

일 년 동안 숙성된 와인은 떫다
삼 년 동안 숙성된 와인은 입안에서 살짝 맴돈다
오 년이란 시간 동안 숙성된 와인은 향이 다르다
맛도 입술을 스치며 음미하게 만든다

시간이 흐를수록
시간에 비례한 만큼
우리의 숙성됨은 성숙함으로…

묵은 감정 조각들

마음 깊숙이 자리잡은
묵은 나의 감정 조각들
하나씩 하나씩
꺼내어 지나가려고 보니

내 마음이 작을 때가 더 많았네
조금만 더 넓게
하나만 더 깊게
봐주면

아무것도 아닐 것들이
묵은 냄새를 풍기게 되었네

아무것도 아닐 것들에게
내 씀씀이가 작았네

나에게 주어진 일들

누구나 할 수 있는 일이 아니기에

나는 오늘도
내가 할 수 있는 일들에 대한
예의범절을 지키며
감사한 마음으로
잘 해내려 하고 있다

내게 주어진 하루에 감사의 힘

그래서 일까
기분이 좋아진다
그래서 일까
빠르게 진행된다

원더풀 당신~ 멋지다

하늘에 떠 있는 별들이 위로해 주고
바다에 출렁이는 밀물과 썰물이 번갈아 달래주네

지치고 힘들 땐
꽉 막힌 내 안에서 탈출구를 찾으려 하지 마라

지치고 힘들 땐
잠시만 아주 잠시만 고개를 돌리면 보인다

내 또 다른 마음이
반짝이며 빛나는 별들과 함께…

빛나며 빛난다
원더풀 당신
당신이라 더 멋지다

때론 그냥 감사해

이유가 있어야 하고
결과가 좋아야 하는
그런 감사가 아니다

이유도 없고
결과도 남지 않지만

그냥 감사해
때론
그렇게 그냥 감사하다고 해야한다

숨 쉬는 지금 이 순간이
나에게 감사함이니

삶은 경주가 아닌데

성적표는 우리를 평가하고
삶을 판별하는 기준이었다

어른이 되면
잊고 살 줄 알았던 숫자들의 경쟁
훨씬 더 무섭고 팽팽한 긴장감으로 날 옭아매었다

삶은 경주가 아니다
행복주다
그런데
언제까지 달려야만 하는가

때론
벗어나고 싶어 여행을 떠나지만
목마름은 가시지 않은 채
아쉬움만 남는 여행길

삶은 경주가 아닌데
왜 자꾸 경주마보다 더 열심히 달려야 할까
왜…

원더풀 당신!

어느 날 이유를 알 즈음
나는 아마도 세상과 작별하며 못내 웃지 못한
오늘을
어제를 그리고 지금을 후회할지도 모른다

경주가 아닌 가치를 위해
달려보자

꿈을 꾸며

누구나 꿈을 꾼다
나도 너도
누구에게나 꿈이 있다
우리 모두에게
꿈을 꾸는 사람은 많지만
꿈을 이루는 사람은 적다

꿈을 꾸며 이루고자
열정의 에너지를 보이는 나는
꿈을 꾸며 이루고자 하는
그 마음을 행동으로 보이련다

꿈을 꾸며
꿈을 이루려

산책길

연한 푸른 잎들이 살랑거리는 소리에
발걸음 소리가 묻히는
아주 기분 좋은 산책길

비포장도로 돌 틈으로
있는 힘을 다해 피어나는
들꽃에게 칭찬을 내어줍니다

그 마음 산책길 동무 되어
내내 함께 걸을 수 있어 기분 좋은
나의 산책길

길이 없으면 길을 찾아야지

길이 없는데
길을 걸어야 하네

길을 찾아가다 보니 한참을 돌아 돌아 힘이 드네

처음 하는 일
처음 맞는 일
처음 가본 길

누군가 만들지 않은 길
길이 없으면 길을 찾아 나설 나의 에너지

잘 찾아보면
크고 높고 넓을 거야

나만의 색깔

내가 가지고 있는 나만의 개성
얼굴의 크기
옷을 입는 스타일
말을 하는 모습과 행동들

그 모든 것에 내 것이 없다면
나만의 색깔이 빛을 낼 수 있을까
나만의 색깔을 잃지 않으려 오늘도 나는
ing

제2장 원더풀 당신!

적당히 적당히

술렁술렁

아무 일 없단 듯이
그 순간의 고비를 넘기려 할 때

적당히 적당히 하는 뒷모습이 보인다
편하고 아프지 않을지 모르지만
사실은

순간의 편안함은 나에게 더 큰 시련을 주기도 한다
적당히 적당히는
나에게 그랬다

인정받음

기억
저편에
칭찬을 받고
잠을 이루지 못했던 날이 아직도 생생하다

인간의 기본이 움직이는 순간이었다
인간의 가장 밑바닥에 자리잡은
마음이 채워지는 시간이었기에…

오랫동안 남아 있다
인정받음이
지금의 나
자신에 대한 인정이 되었다

사랑 그리고 기억

사랑하는 사람이
사랑을 기억하고 살아가는 것
아주 행복한 일이다

매일의 새로움에, 변신에, 변화에
내가 길드는 세상에
사랑을 기억하고
기억하는 사랑을 느끼며 산다는 것

아주 많이 좋은 거다
아주 많이 기쁜 거다
아주 많이 잘사는 것이다

원더풀 당신!

위로가 필요해

웃을 때
혼자 웃는 것보다
함께 웃을 때 더 행복한 거야

슬플 때
혼자 우는 것보다
누군가 함께 울어줄 때 위로가 되는 것처럼

웃을 때
울 때
위로는 언제나 보약 같아서
꼭 필요해

붉은 장미

붉은빛의 화사함으로
그대로의 모습만으로
우월감이 넘치는 붉은 장미

연초록 줄기 사이에 빛나는
그대의 모습
꺾고 싶은 마음이 날 사로잡네

붉은 장미
너를 갖고 싶어 무의식에
내 손이 가시넝쿨 사이에서
피를 뿜어내며 아픔을 느끼네

붉은 장미
보기에는 화려하고 예쁘지만
그대로 두어야 화를 면하지
보는 걸 내 것으로 만들려 하니
욕심쟁이 나에게 가시는 화를 내네

그러지 말라고
붉은 장미

그대를 그냥 그대로 봐달라고

푸르름

연초록 6월
아름답고 시원한 바람 속에
푸르게 빛나는 나무들 사이에서

오늘도
나는
당신이 주는 푸르고 청정한 공기를
감사히 받습니다

원더풀 당신!

아픔을 이기는 순간

아프다는 건
사실
내가 느끼는 고통의 분모 같은 책임감이야

아픔을 이기는 순간
그 모든 것이 새롭게 사라져 버리지만

아픔을 이기는 순간
사실은
내가 어른이 되고 있다는 신호야

버티는 힘

한참을 웃다가도
금방 슬퍼지는 건
내 안에
에너지들이 자꾸
기억하고 있어서 그래

아마도
내 슬픈 기억을
잊어야 하는 것도
내가
살아갈 수 있도록 버티게 해주는
힘일지도 몰라

아플수록

아플수록 더
빨리 커가더라
네 마음이
그 시간 속에
내가
성장하고
성숙해서
덜어지길 바라

용기 내는 내 마음의 문

용기 내서 노크해봤어
아무 답이 없었지만 내 마음이
조금은 웃더라

용기 내서 다시 한번 힘껏
한 발 앞으로 다가가 봤어
움직이지 않을 것 같았던
내 마음이
너에게로 가고 있더라

고마워
용기 내주어서

넌, 지금도 이미 너무도 충분해

넌
너의 자존감을 지키며
너의 자신감을 키웠어
그러니
그 누구와도 비교할 수 없을 만큼
넌
지금 그대로
너무도
멋져

제2장 원더풀 당신!

행운의 기도

내 삶의
하루하루가 소홀하지 않았다

단 한 번도
공짜 시간을 원하지 않았다

나에게 들어오는 수많은 시간과 인연 그리고 많은 일들이
그냥 지나가는 것들이 아니었다

사실은
내가 매일 똑같은 마음으로 매일 같은 말들로
행운의 기도를 드렸다

그냥, 그렇게 해봐

할까 말까
고민할 땐 그냥 하면 되는 거야

맞아, 아니야
고민할 땐 맞다고 하면 되는 거야

갈까 말까
고민할 땐 가던 길로 나는 너와 만나면 되는 거야
그냥 그렇게 해봐 앞으로 전진을 외치며…

꿈은 계속…

포기하는 모습도
너를 만나는
너의 진심이야

용기를 내는 모습도
너에게 약속을 다짐하는
너의 또 다른 너만의 용기 내는
새로움의 길이야

꿈은 계속 기억하고
또 꿈꾸는 거야
아직
멈추지 않는 너의 생
그 한가운데 앉아 꿈은
계속
그렇게 만들어가는 거야

원더풀 당신!

널 응원하는 너를 만나봐

힘들고 지칠 때 잘 봐
너에게 가장 먼저 힘을 주는 사람이 누군지

옆에서 수다를 떠는 친구도
위로하며 맛있는 음식을 먹는 가족도
사실은 스쳐 가는 내 귀의 울림일 거야

진심으로 널 응원하는
거울 속 너를 만나고
마음속 너에게 힘을 주는
널 응원해 봐
너를 만나봐

힘이 날 거야

이 또한 지나갈 것이니

머물러 있을 것만 같은
답답한 시간 속에서

우리는
참 많은
작은 실패와 성공을 경험하며
또 한 번의 성장과 성숙함에
내가 서는 자리를 잡지

힘들수록 멈추지 마
달리다 보면 길은 보일 거야
시간은

이 또한 지나갈 것이니

원더풀 당신!

위로하는 하늘

하늘의
바람과 구름 그리고 비는
싸우며 자신의 길을 가는 듯하지만
사실은 그때마다
서로에게 양보하고 위로해

하늘이
혼자만의 세상이 아니니
길을 잃고 헤매는 홀로서기의 외로움보다는
바람도 불고
구름이 하늘을 뒤덮어 비도 내리면

그 뒤에는
바람과 따사로운 햇살이 고개를 내밀며
고맙다 인사를 하니까

비우는 연습이 필요해

욕심을 부렸더니
욕심의 결과는
풍족했지만
마음이 외로워지더라

욕심을 부렸더니
물질의 풍요로
만족했지만
누군가에게 상처를 남겨
내가 더 많이 아프더라

비우는 연습을 했었더라면
아픈 마음이
따스함과 사랑으로 가득 채워졌을 것을…
하는 늦은 후회가 든다

좋은 친구, 좋은 사람

내가 먼저
너를 생각하지 않는 행동은
너에게 상처가 되어서 아프게 되지

너를 먼저
내가 생각하는 행동은
너에게 추억이 되더라 우습지

좋은 친구는 좋은 사람은
내가 먼저가
아니고
네가 먼저가
아니고
우리가 되어야 해

펑펑 울고 싶은 날에

숨이 막힐 정도의 기막힘에 울고 싶은 날
가슴이 터질 것만 같은 답답함에 울고 싶은 날

나는
무작정 어디론가 떠나 울고 싶었다
나는
한걸음에 달려온 곳이
내 방 작은 소파라는 걸 알게 될 때

또 한 번의 서러움에
펑펑 울었다

그건 아마
외로움이 주는 허함이었을 것이다

원더풀 당신!

그건, 아마도

세상 밖 사람들 속에
내가 내 자리를 지키기 위해
용기, 에너지, 자신감, 자존감
수없이 많이 보였지만
사실은 그때마다
상처가 더 깊어지고
아픔이 더 강해졌다

그건 아마도
내가 더 배워야 한다는 것이다
그건 아마도
내가 더 인내를 길러야 한다는 것이다

제3장

아름다움이여

주인공처럼 살아가야 해

무너지는 일들이
반복되고
아픈 일들이 더 많아도 이겨낼 수 있었어
어느 순간에 도착할 때까지만 해도
…
쉼 없이 반복되지 않았다면
나는
지쳐 쓰러지지 않았을 거야
그럼에도
불구하고
네가 꼭 다시 일어나야 하는 건

주인공처럼 살아가야 하는
멋진 날들이
너를
기다리고 있기 때문이야

너는 항상 예쁘다

보는 내내 넌 예뻤다
마음 하나하나
행동 하나하나
넌
그렇게 항상 나에게
예뻐 보였다
언제나…
변함없이 여전히

사랑을 배웠다

오랫동안 널 보며
나도
배웠다
사랑하는 법을

그런 사랑
너에게
이젠 나누어 주고 싶다
내가 너에게

아름다운 당신!

고진감래 속 힘겨움의 날들에서도
희로애락 속 즐거움과 기쁨의 날에서도

당신은 늘
씩씩하고 용감했어요

당신은 늘
꼭 필요한 사람이었어요

당신은 늘
그 안에 당신의 부드러움을 만들어 갔어요

당신은 늘
그렇게 배려와 존중으로 잘 살아왔어요

아름다운 당신이여~

굳센 사람

거센 비바람 속에서도
굳세게
그 자리 이겨내고 지켜내는
한들거리는
너를 바라보며
자꾸만 작아지는
나는
위로받는다
너의 멋진 모습
너의 씩씩한 모습

청춘의 내 하루처럼 느껴진다

내 옆에 있어주라

친구야 불러도 불러도 그리운 내 친구야
내가 자랑하며 힘을 낼 때도
내 옆에 있어주라

내가 아파서 울먹일 때도
내 옆에 있어주라

내가 부모님을 보내고 슬퍼할 때도
내 옆에 있어주라

꼭 내 옆에 있어주라
내 친구야
내가 외롭지 않게

행복하자 행복하자 우리 지금이라도

인생의
뒤안길에 서서
울먹이는 모습을 상상하곤 했지

참 쓸쓸해 보이는 모두의 모습처럼
나 역시도
많은 것들 앞에 후회하며
절망스런 눈빛을 담고 있겠지

다시
돌아올 수만 있다면
더 잘할 수 있을 것 같다며 중얼거리기도 하지

지난 시간 부질없는 연기 같은 것을
지난 시간 잡으려 한들 잡히지 않는 것을

행복하자 행복하자
우리 지금이라도

원더풀 당신!

시작의 의미

시작은 다 의미가 있어
클 수도
작을 수도
있지만

시작은
누구에게나
희망이고
행복의
첫걸음이야

제3장 아름다움이여

말해도 괜찮아

힘들어해도 된다
아파해도 된다
억지웃음 지으려
아닌 척하지 말고
힘들고
아프다고
들어 달라고
말해도 돼

지금

사람은 늘 한결같다

어릴 적 내 모습이 어른이 되어도
크게 변하지 않는 건
받은 상처만큼
받은 사랑의 합이 있기에

사람은 아름다울 수 있는 것이다

나누며 아름다운 인생길

더하고, 빼고, 곱하고 또
나누는 인생길

어쩜,
가장 아름다운 하루일 것이다

원더풀 당신!

어느 날 갑자기 깨닫다

어느 날 갑자기
나에게 다가온 내 안의 행복감들

내가 지금껏
바라고 바라온 내 안의 기쁨들

지속되고, 연결되면 얼마나 좋겠어

하지만
인생시계 곡선의 변덕처럼

어느 날, 지금껏
슬픔과 아픔도 함께였다는
그 기억

'진짜 행복'이 뭐야?

그건
온리(only)

네가
너에게만
해
줄 수 있는 것 아닐까

사탕처럼

첫사랑과의
아픈 이별을
오래 간직한 채
다시 오는
사랑을 받아들이지
못하고 있는
나에게
사탕처럼 달달했던 순간들이
다시 씨앗 되어 잎이 나는 거야

씨앗은 곧 열매를 맺을 거야
사탕처럼 달콤한 추억이 생기는 거야

시작해 봐

울고 있는 달밤

초승달이 유난히 밝은 그날
내가
처음으로 사랑의 상처를 느끼게 되었지
내가
처음으로 평온할 수 없을 만큼의 아픔을 느끼게 된 날이었지
내가
처음으로 '내가 왜 그랬을까' 곱씹으며
한없이 후회하던 날이었지

울고 있는 그날
나처럼 달도 울어 주던 밤이었어

언제나 소중한 시간들

내
소중한
시간시간들이
늘 내 곁에 머물 수 있는 행복으로
가득하면 좋겠다

오늘도
내일도
모레도

아픈 눈물의 씨

힘들어 울고 싶어
아무도 없는
외진 곳 찾아 헤매다가

나의 안락한 보금자리
외양간에 앉았네

아픈 내 마음을 안아주는
지푸라기 밑거름

아픈 내 마음을 이해해 주는
아픈 눈물의 씨앗은

어디론가 떠나며
나에게
힘내라며 바람처럼 외친다

홀로서기

홀로 태어나
홀로 이겨야 하는
한평생의
외길

외롭다 생각지 않았던
홀로 찾아온
내 인생길

함께 가지 못해도
난 행복했소
나의 혈혈단신 홀로의 길

흐르는 눈물

흐르는 눈물
아프지만
참아야 하는 건
모든 상처는
아물어 가는
시간이 필요하다는 것
아픔이 머물지 않고
상처가 남겨지지 않고
익어간다는 걸

인생에서 배웠기에

둘이 더 뜨겁다

사랑은
혼자보다
둘이 하면
더 뜨겁다

삶도 그래
혼자 사는 것보다
함께 살면 더
행복하지

사랑은 어렵다

사랑하는 건
쉬운 일이 아니야
아픔과 슬픔이 많지
하지만
기쁨과 행복이
모든 것을 감싸줄 수 있지

혼자가 아니고 함께라서

원더풀 당신!

기억나니

지금
너는

어제
너의
그 모습

그대로
웃고 있어

언제나 내가 볼 수 있는 그 자리에서

참
해맑게

상처받고 위로받으며

상처로
날
감싸고
날
모른척하며
지내지마

모두가
다
다치고
상처받고
위로받으며 사는 거야
그래
그런 거야

특별한 오늘

엄마는 말했지
넌 소중하다고

세상 밖으로 나오니
난 소중한 게 아니고
똑똑해야 살아 남을 수 있어

엄마는 말했지
매일 특별하게 행복하게 살라고

세상 밖으로 나오니
난 특별하지도 행복하지도 않았어

너무도 바보처럼 가는 길
따라가는 따라쟁이
이젠 그렇지 않으려 해

특별한 오늘
특별한 내일이 되어야 하니

사랑은 용기야

사랑은 영원하지 않아
사랑은 움직이는 거야
사랑은 변하는 거야
사랑은 멈춰 있지 않아
지금
용기를 내봐
사랑을 잡을 기회가 온 거야
너에게도

원더풀 당신!

마음 바람

몹시 거세고
흔들거리는
그 바람도
지치면
멈추더라
아픔도
함께 날아가더라

그래서
난

더 인내해 보려 한다

마음 바람이 잔잔해질 때까지

땀방울

흐르는 땀은
한 방울 한 방울
거친 숨소리에
호흡 맞추며
흐르네

내가 흘린 땀
한 방울의 기운처럼
내일도
열심히!

원더풀 당신!

나는 나

꽃은 그냥 꽃일 때 예쁘고

나비는 그냥 나비일 때 행복하다

나는 나일 때
즐겁고
힘 나고
살맛이 난다

나일 때가 제일 좋다
나일 때가 가장 빛난다

시간 속에 치유된 상처들

지난 수많은 시간 속에
상처받고
그 위에
또 한 번의 상처가 덧붙여지고

그렇게
시린 마음을 정리해 가며 최선을 다하며
잊고 살다 보니
정말 잊혀지더라

저 먼 기억들의 힘에 떠밀려 가는
내 추억들처럼
다 잊었다 생각되더라

넓은 하늘 바람과 구름

하나 되어
충분히 아름다운 하늘을 만들어 주는
당신의 열정은

내 삶의 에너지였어요

넓은 하늘은 세상 모든 이에게 희망을 던져주고
어디든 갈 수 있는 바람처럼 커다란 마음으로
구름 속 가려진 어둠까지 품어주었죠

저 높은 하늘은
내 인생의 꿈을 꾸는 순간순간
힘의 원동력이 되었어요

장미꽃 한 다발

설렜네요
장미꽃을 바라보는 내 눈과 마음 그리고 가슴이
빛나고 있었어요

좋았네요
꽃의 향기는 사라지지만 남아 있는 꽃의 우아함은
여신처럼 빛나고 있었어요

네가 그렇게 예쁘구나
네가 그토록 아름다웠구나

새삼 느끼게 되었다

원더풀 당신!

둥글게 둥글게

모난 바위 끝자락 바위틈에
작은 싹이 트길래

신기한 듯
한참을 바라보다가

모나게 모나게
세상 안에서 버거워하는 내가
한참 부끄러워 보인 날

세상은
둥글게 둥글게를 외치네요

나의 미움

미운 사람들이 있다는 건
내가
많은 사람과의
삶 속에 존재하며 살아가고 있다는 것

그들을 미워하는
작은 마음이 있는 건
아직도
어른이 되지 못한 내가
삶을 미완성했기 때문일 거야

널 안아주고 싶다

토닥토닥
쓰담쓰담

너에게
항상
다가가고 싶었어

그런데
오늘은
꼭
가야겠어
울고 있는 널 보니
꼭 안아주고 싶다

바쁜 세상

눈을 감았다 뜨는 순간
바뀌는 세상의 속도

한숨을 쉬고 나면
어느새 나는 뒷걸음질 속에 남아 있지

바쁜 세상
바쁘게 사는 게 답일까
생각할 시간도 없이

달리고 달리고 달려서
내가 느끼는
삶의 행복은 어디쯤 일까

이젠 행복하게 살고 싶다
이젠 온 마음으로 느껴보는
진정한 행복을 위해 달리고 싶다
이젠

널 만나면 웃음이 나와

웃고 싶을 때
생각나는 사람
너란 걸 아니

맛난 것 함께 먹고 싶은 사람도 너야
널 만나면 웃음이 나와
널 만나면 참 행복해
널 만나면 살맛이 나

그래서 지금
만나러 가는 중이야

제3장 아름다움이여

잘했어

너에게
늘
해주고 싶은
말이 있었어

잘했어
그리고 또 잘했어

지금처럼만 하면 될 거야

원더풀 당신!

그냥 좋다

꽃은 꽃이라 좋고
하늘은 하늘이라 좋다
바다는 바다라서 더 좋고
산은 산이라서 더 행복하다

그냥 좋다
그냥 다 좋다

우렁각시

때론
내 방을 치워주는
우렁각시가 있으면 좋겠다

때론
내 삶의 어지러운 인간관계를
정리해 줄 사람이 있으면 좋겠다

때론
내 사랑의 걸림돌들을 치워주는
마법사가 나에게 있으면 좋겠다

때론
나에게 그런 사람이 있으면 참 좋겠다
나도 너에게 그런 사람이었으면 참 좋겠다

배려는 친절이 아니다

배려는 친절이 아니다

하는 입장과
받는 입장의 차이는
누구도 답할 수 없다

배려는 친절이 아니다

보는 사람과
느끼는 사람의 생각이
누구도 답할 수 없을 만큼 다르기에

배려는 친절이 아니다
배려는 그저 배려일 뿐이었다

예가체프 한 잔

은은한 여성의 향기로 다가온
커피 한 모금

목구멍을 따라 내려가는 순간,
나의 뇌리에 스치는
황홀한 맛의 전율

잊지 못하고 지내온 십 년
나는
예가체프의 그 맛을 지금도 느끼고 싶다
그리고 그 시절의 나를 다시 느끼고 싶다

원더풀 당신!

그래그래 맞아

그래그래 맞아
내가 말하지 않아도
넌 내 얼굴을 보며 고개를 끄덕였지

그래그래 맞아
슬픈 마음 보이지 않아도
넌 내 걸음걸음 하나하나 손을 잡아주었지

그래그래 맞아
항상 내 곁에
네가 있었어
고마워

제4장
· · · · · · · · · · · ·
행복은
찾아가야
제맛이지

행복의 가치

내 안에
가슴 벅찬 순간들이
있었어

지금은 생각이
저 멀리 추억으로 넘어갔지만
내 안에 기쁨의 눈물들이 쏟아져 내리던
그 수 많은 시간
나만의 시간

행복의 시간
행복의 마음
행복의 가치

지금도 그 벅참과 기쁨을
나는 느끼고 있어

원더풀 당신!

지금 참 많이 행복합니다

누굴 만나도 웃을 수 있고
누구와도 행복을 나눌 수 있는

긍정바이러스의 여왕
긍정에너지 퀸

그런 나는
지금 참 많이 행복합니다

누구를 만나도
누구와 함께 있어도

누가 그랬어

누가 그랬어
행복해?

누가 그러더군
지금 행복해?

누가 이렇게 말했어
언제 행복해?

뭐시 중헐까?
뭐시 중허냐고?

나만 행복하면 그만이여
내가 행복하면 그만이라고
너가 행복하면 그것으로 굿이여

원더풀 당신!

감사함

내가 지닌 가장 큰 힘은
모든 일들에 대한 감사함이다

내가 지닌 가장 힘들었던 것 중
부정의 일들을 경험한 후
부정의 동굴로 빠져들 즈음
알게 된 사실 하나에 놀랐어요

사실은
부정도 아픔도 상처도
내가 맞이 할 수 있는
내 인생의 소중한 하루였다는 걸요
내 삶의 일부분이었다는 걸요

이렇게 깨달은 날부터 나는
내 인생을 감사하게 여기며
행복하게 살아갑니다

내 곁에

쉬지 않고 날아다니는 기러기는
길을 잃지 않으려
날개를 펴는 순간
무리 지어 힘을 모으며
높은 하늘 위로 날아갑니다

내가 힘들고 지칠 때
나와 함께 날아줄 수 있는 사람
내가 아프고 상처받아 헤매일 때
나와 함께 행복하게 대화 나눌 수 있는 사람

그런 사람
지금 내 곁에 있네요

원더풀 당신!

긍정마인드

훈련은
습관처럼
일상처럼
매일매일
순간순간
되새기며
말하고
행동하며
숨 쉬듯
익혀가야 한다

내 마음의 용기는

사랑한다고 고백했던
나의 청춘의 날들 속에서
나는 아주 용감하고 씩씩했던 사람이었다

좋아한다고 말하던 그날도
나의 행동은
세상을 다 갖고서 힘을 내는
천하장사 같았다

내 마음의 용기를 내고 보니
용감하고 씩씩한
세상 최고의 멋진
내가 되어 있었다

그래서
나는
다시 한번
용기를 내어 보려고 한다
씩씩함과 단단함을 보이려 한다
지금

원더풀 당신!

춤을 추는 하루

싱글벙글
춤을 추는 내 발걸음에
좋은 일들이 만발하는 날 되려나 보다

왁자지껄
웃는 내 얼굴에
좋은 일들이 계속
연이어지려나 보다

아침부터
웃으며 춤을 추니 말야

너라면 그리고 나라면

내 마음이
너에게 가지 않을 때
너라면
어땠을까

내 마음이 너에게 서운타 하면
너라면
어떠했을까

너라면
그리고 나라면
어떠했을까

척척척 쟁이처럼

때론
척이 필요한 세상
아프지만 아닌 척
슬프지만 아닌 척
행복하지만 조금 행복한 척
기쁘지만 살짝만 기쁜 척
해야 한다

아프고 슬프면 타인이 보이지만
행복하고 기쁘면 나만 보이기에

함께 살아가려면

예쁜 척, 아닌 척, 좋은 척
척척척 쟁이가 되어야 한다

대나무 죽순

대나무 작은 죽순이 올라오기까지
5년이란 시간 동안
그 녀석은 땅속에서 뿌리를 내리고
자리를 잡는다고 한다

내 삶의 한 순간 순간
다가오는 역경은 경험이 되었고
즐거움은 희망을 낳았기에
묵직한 대나무의 죽순처럼
야무지게 단단하게
나를 지키고자 한다
오늘부터
시작…

바람은 바람대로

바람은 바람대로 불어야 시원해
바람을 막고
서려 하니
다리가 아프고 얼굴이 시리고
마음이 괴롭다

바람은 그냥
부는 대로 불게
놔둬

변함없는 너

너는
내게
늘
그러했어

따뜻하게
기분 좋게
아플 때도
슬플 때도

언제나
변함없이
그렇게

아픔의 자리

맛난 걸 먹어도 기억되고
즐겁게 웃고 있어도 생각이 났어

어릴 적
내
가슴에 자리잡은
기억하고 싶지 않은 헤어짐

아픔의 자리는
늘 그렇게
날 맴돌았어
지금처럼

기억은 추억입니다

좋든
싫든
내 가슴 깊숙이
자리잡고
남아 있으니

원더풀 당신!

존중의 힘

날 함부로 대하지 않는 너의 태도
날 아끼는 마음속 씀씀이가
행동으로 비치는 오늘

덕분에 존중의 힘으로
우리의 관계에 힘이 생겼지

아끼고
소중히 여김을
사랑의 근본으로 삼으니

긴 터널 끝 희망

긴 터널에 들어서면
겁이 난다

날렵하고 세련된 긍정인도
터널 안에 들어서면 겁이 난다

빠르게 운전해 보지만
내 맘대로 안 될 때가 있지

피하고 돌아가면
더 버겁고 힘들 때가 있었기에
정면돌파하기로 한다

다행히
터널에는 끝이 있었다
길고 긴 터널의 끝에서 들어오는
희망의 빛이 나를 안심시켜주듯

내 삶의 하루하루가 사실은 나를 안심시키며
내 삶의 시간들을 차근차근 성실히 잘 정리해 주고 있다

그래서 세상은 힘을 내도 된다
그래서 세상은 희망으로 살면 된다

우리가 살아가는 동안

좋은 인연도 있었지
우리가 살아가는 동안

슬픈 인연도 있었지
내가 당신과 한세대를 사는 동안

아픈 기억들도 있었지
우리라는 울타리에서의 사연들

우리가 살아가는 동안
즐겁고 기쁘고 행복하기만 하지 않았지만

우리가 살아가는 동안
함께했다는
우리의 의미는 평생
잊지 않았으면 합니다

비가 내린 뒤

일곱 색깔 무지갯빛
내 안에 들어와

눈과 마음
귀와 가슴을
따뜻하게 만들어 주었어요 분명
비바람 부는 시간은 걱정들이 많았는데

시간이 지나고 보면

다 웃을 수 있는
여유가 생기는 것처럼
청명한 하늘처럼
내 삶에도 시원하게
봄바람 불며
미소 짓고 있네요

긍정과 원망 사이

빛을 내고
나를 화려하게 꽃피우는 긍정의 시간도 하루
어둠을 덮고
나를 거부하며 미워하는 부정의 시간도 하루

우리는 매일
그 중간 사이에 서서
나를 실험할 때가 많다

시간이 지난 뒤
후회하는 쪽이 있다면

그것들을 돌아보면 된다
그것들이 나를 감사한 하루의
주인공으로 만든다

내가 나의 시작이다

나를 좋아하는 사람도 나여야 하고
내가 사랑하는 사람도 나여야 한다
내가 싫어하는 사람도 사실은
나다

나로 시작해
내가 변해야
어른이 되어가는
나를 만날 수 있다

내가 변하지 않고는
아무것도 변하는 게 없듯이

편안해지고

바다는 출렁이는 파도와 춤을 추고
파아란 하늘은 구름 사이로 숨바꼭질하듯
아리랑 노랫소리에 맞춰
바람에 스르르 흘러간다

편안해지고 싶은 맘
힘들고 지친 내 육신
그 모든 것을
하나로 평온케 해주는

작은 행복에서 오는
지금 이 순간

참 행복스럽다

내 삶은 조연출

주인공만 하려고 하면
누구도 조연할 사람 없겠지

조연은 주인공처럼
스포트라이트를 받지도
이름이 알려지지 않고
얼굴이 팔리지도 않는
그저 인기쟁이 주인공의 작은 옆자리다

그래도 나는 이제껏
한 번도 나를 아프게 대하지 않았고
한 번도 나를 원망하지 않았고
한 번도 나에게 절망하지 않았기에

내 조연이 빛나는
순간순간이 자랑스럽다

괴로움

싸하게 내일이 두렵다
아직 오지 않는 날들에 대한
무거움은
오늘이 만족스럽지 않아서가 아니다

내가 살고 있는
지금의 이
순간들이
오늘처럼
별 탈 없이
지나가지 않을 수도 있기 때문에
나는 지금 눈을 감고
다시 눈을 뜨는 순간이 두렵다

가는 대로 가다보면

가는 대로 그래도 가봐
가다 보면
길이 생길 거야

그게 우리들의 어제
오늘
그리고 내일이야

한들거리는 버드나무잎

바람이 부는 대로
바람결에 힘없이
이리저리
무심하게 이끌려 가는
가벼운 나는

버드나무잎처럼
오늘을 보냈구나

한들거리는
버드나무잎은 알까
오늘 내가 힘들고 벅차서
버드나무 가지를 벗어나

한들한들 날아서
멀리멀리 떠나고 싶었다는 것을
아무도 찾지 못하게
더 세찬 바람과 함께
아무도 모르는 곳에 가고 싶었다는 것을

뾰족한 가시처럼

부드럽게 소통하며 살아가는
내 친구를 보며
왜 나는 자꾸만 가시처럼 굴까
왜 나는 그럴까

알게 된 사실 하나
나는
내 아픈 상처를 안고 있었고
내 친구는
더 아프고 깊었던 아픔을 이기고
살아가고 있었다는 것

참…
바보스럽게 시리

아쉽게

기다리다
지칠 즈음
아픔은 이별 되어
바람처럼 휘리릭 날아드네요

사랑하는 마음으로
맘껏 안아주려 했더니

구름처럼
나에게서 떠나버리네요

아쉽게

너도 그리고 나도

나만 그렇게 좋아하는 줄 알았지

그런데 너도 나를
좋아하고 있었구나

일찍 말해볼 걸
내가 좋아한다고

일찍 말해주지 그랬니
너도 날 좋아하고 있다고

나도 너처럼
너도 나처럼
그렇게

마주해보렴

힘든 시간을 보내며
뒤돌아서는
나와 마주할 때

그냥 버티고만 있는 줄 알았어
힘드니
시간이 가기만 기다리는 줄 알았어

웃고 커가는
널 보기 전까지는…

그냥 주는 것

주고 생각하면 아프다
주고 나면
잊는 것이다

주고 그리워하면 상처를 입는다
주고 나면
그것으로 만족해야 한다

그리고

웃어야 한다

줄 땐 그냥 주어야
행복하다

새소리 물소리

새소리 물소리 들으며
걷다 보니
답답한
내 마음이 알려주네요

다들 내 앞에 보이는 것처럼
마냥 좋은 것만은 아니라고

그냥 그렇게
살아가고 있다고
재잘대며 흘러가고 있다고

바람이 부네

나뭇가지들도
덩달아
흔들거리네
냇가에 작은 물소리가
파도처럼 크게 내치네

자연이 오늘을 부르네
나를

제4장 행복은 찾아가야 제맛이지

빈 의자

누가 앉아도
늘
변함없는
관심과 사랑으로
안아주는
넌
진정한 프로다
너에게 배워야겠어

평온하고 온유하고 넉넉한
그 맘

원더풀 당신!

여유로움

맘먹고
시간 내고
결정하기엔
시간이 없다
여유는 사치다

그 모든 것을
눈치 보지 않을 때
여유를 찾았던 옛 기억처럼
지금
해 보자

다 내려놓고
찾는 내 맘과 몸의 여유

탓하지 않기

그 사람도

날
탓할 거야
날
원망할 거야

그러니
탓하지도
원망하지도 않는

우리가 되자

내가 정말 두려운 것

나는
문제를 두려워하지 않는다
문제를 포기하려는 마음이 생길까 봐

그게
제일
무섭고 두려운 거다

나를 영원히 찾아가지 못할 수 있으니

멋진 나에게

멋진 나는
멋진 나에게
멋지게 긍정의 소리로 답해본다

다 잘될 거야
힘내라
힘!

원더풀 당신!

좋은 사이처럼

너와 내가
함께하는 이 시간이
그리워지는 날

우리는 추억을 꺼내 보겠지

좋은 사이처럼
좋은 인간관계를 맺으며

좋은 사람으로 기억되는 오늘
참 행복하다

잠깐 흘린 눈물

눈물은
아픔을 위로해 주는
유일한 샘물이다 눈물을

흐르는 순간
내가 품고 안아야 하는 일들이
스르르 날아가 버리는 요술
참 고마운 물이다

잠깐 흘린 눈물이
내 희망의 바람이 되어
나에게로 오는 길이다
지금

상처받으려는 마음

상처받으려는 마음
상처받아도 좋다는 마음
그 마음은 좋은 징조다

아프겠지만 부딪쳐서라도
딱딱하게 굳어버린
머리와 가슴을
깨어볼 수 있는
용기가 났기 때문에…

제5장
· · · · · · · · · · · ·

화려한 나,
당당한 나,
웃자!

무디게

삶은 때론 무디게
그냥
지나가는 시간 속에
스르르
나를 흘려보내는 것도
숨을 쉬는
하나의 방법일 것이다

매일
숨 막히는 도심에
나를 가둔 채
어찌할 바 모르는 모습으로
안절부절못하다 보니
하루가 지나 또
날이 저물기 일쑤였지

그냥 무디게
이렇게 지나가는 것도
좋을 듯하다

그날이 그날처럼

세상은 하루가 다르게 변화되어
내가
이만큼 달리면
나에게
저만큼의 결과를 보여주는
스피드 시대

그날이 그날처럼 느껴지지만
그날들을 이기려
앞장서 얼마나 고군분투했던가
그날이 그날처럼 그렇게
지나갈 줄 알았다면

조금 애를 덜 쏠걸
조금 더 편안할걸

제5장 화려한 나, 당당한 나, 웃자!

나무는

푸른 숲 가장자리에 서 있는
나무 한 그루
가을 되면 낙엽 되어
겨울 되면 눈 밑에 깔려
누구도 쳐다보지 않는 그곳에
앉아

내년 봄
푸른 새싹 틔우길 바라는
그 작은 마음으로
나무는
항상
웃고 있다

날 보며
힘을 주며

구름은 시간 따라 흐른다

내 마음 한곳에 자리 잡은
사랑을 옮기는 힘든 일들

구름은 나와 발맞춰
시간을 타고 흐른다

금방 좋아질 거라고
금세 잊어버릴 거라고 하지만

구름이 흐르는 만큼
시간이 지나는 순간순간까지

나는 그 사랑이 그립다

인간은 무엇을 위해 살까

내가 살고 있는
지구별에는

경쟁의 시간들
이겨야만 하는 사건들로 바쁘다
숨을 쉬기 위한 여유는 없다

그저
경제 발전의 톱니바퀴 되어
다람쥐 쳇바퀴 돌아가듯

삶과 존재의 가치나
행복을 말할 수 없는 사람이 되어서는

이겨야 한다고 자리를 잡으라고 소리만 지르며
으르렁대지만 사실은 울고 있다

아프고 괴롭고 도망가고 싶다고…

원더풀 당신!

행복이란

누구도 찾아줄 수 없는
내 삶의 그림자 같은
수없이 많은 길들
나에게
와주길 바라기만 했던
참 많은 시간

내가 다가서려고 하지 않았어요
내가 움직이는 만큼
마음과 몸이 행복해진다는 걸
이제야 알았어요

행복이란 게
별 게 아닌 내 안의 행동과
생각들이었다는 걸

울고만 있지 마라

우는 모습이
네 삶이 일부분이 될 수도 있어

웃을 수 있을 때 더 많이 웃어라
웃고 있는 너는 지금 더
많이 행복해 보이니까

행복이 다른 게 아니더라
내가 웃을 때 나에게 있더라

지금
웃어봐

아픔을 이기는 유일한 힘

그건
타인이 떠들어대는 위로도 아니고
내가 위로해대는 수많은 말들도 아닌
기쁨의 마음을 찾는 일이다

내가 기뻐야
나를 웃게 한다
너를 웃게 한다
우리가 기뻐한다

마음이 빛이다

어디서나
언제나
어떻게든

나에게 빛을 내어준
너에게 항상 고마워

덕분에
내가 항상 빛나네
너 덕분에
내가 항상 행복해지네

원더풀 당신!

당신은 늘 내 곁에 있었어요

감사해요

몰랐네요

당신이 내 곁에
늘 자리하고 있었기에

내가 힘을 냈다는 걸

고마워요
그리고 또 감사해요

제5장 화려한 나, 당당한 나, 웃자!

괜찮니?

나만 아프다고
생각할 때가 많았지

나만 슬프다고
아파할 때가 더 있었어

나에게
"괜찮니?"라고
누군가 물어보기 전에는…

원더풀 당신!

당신이라는 이름

당신이 꽃이었군요
지금껏
내가 본 가장 예쁜 꽃

오늘따라 더 아름다워 보이네요
당신이라는
예쁜 배려의 꽃
사랑스런 존중의 꽃

사랑합니다
당신

내 엄마는…

어느 날
엄마는 약한 모습으로 다가와
여느 날처럼
"엄마는 널 사랑한단다"라고 하신다

어느 날
엄마는 슬픈 얼굴로 나에게
"미안하다,
엄마는 널 너무도 아낀단다"라고 하신다

많은 시간이 있었지만
바삐 살아온 엄마 그리고 딸은
추억이 많지 않구나

딸에게 고생만 시키셨다
아파하는 엄마는 내 엄마는
새드엔딩의 인생길로 마무리 지으며 떠났다
내 엄마는
나에게 하나는 알려주셨다

넌 이렇게 살지 말기를
넌 이렇게 아프지 말기를…

원더풀 당신!

솔직함

바른말은 언제나
누구에게나
아프게 다가옵니다

진실한 우리가 되어가는 순간,
서툴지만 진심이 깃든
말 한마디 한마디는 너무도 솔직해
오래도록 남는 상처가 되기도 하니까요

어쩜
솔직함이 더 좋을 것 같네요

거짓을 말하면
더 아플 것 같으니까요

겨울이 추울수록

겨울이 추울수록
봄날의 꽃들은
봄날의 나무들은
더 화려해진다

아픔을 이겨낸 만큼
아름다운 자태를 뽐내려
서로서로 봄 햇살에 으스대며
많은 이에게
더 행복한 미소를 주는 듯하다

여름이 뜨거울수록
가을은 형형색색의
단풍들로 멋을 내며
더 위풍당당할 것이다

상처는 이겨낸 만큼
단단함으로 자리잡으며
더 성장해 나아갈 것이니까

사계절
아픔, 상처, 단단함, 화려함, 뜨거움을 이겨내는 건
내년에 돌아올 봄과 여름
가을과 겨울을 만나기 위함인 것처럼

우리는 내일을 맛볼
오늘을 이기는 중이다

향기 나는 내가 된다

사람은 같은 공간 같은 시간을 보내도
다 똑같지 않은 법
누군가에겐 여유와 성실함
누군가에겐 각박함과 아픔
누군가에겐 웃음과 미소
누군가에겐 아픔과 슬픔으로
삶의 한 부분들을 채워가고 있는 법
나는 쉽지 않은 내 삶의 전반전에서
어떤 사람이었는가

누가 보아도
누가 다가와도
누가 함께해도
나는 향기 나는 사람이 되고 싶다
좋은 향기보단 도움을 줄 수 있는 향기
그래서
내가 더 행복감을 느끼는
그런 향기 나는 사람

나는 진심으로 그 사람이 되고 싶다

원더풀 당신!

바람 따라 아무 생각 없이

바람이 불면 바람 따라
내 마음과 몸을 맡긴 채
아무 생각 없이
따라가고 싶은 날이 있다

오늘이 딱 그런 날이다
오늘이 딱 그러고 싶은 날이다

지금 바로 당장

제5장 화려한 나, 당당한 나, 웃자!

초라한 날의 나에게

수없이 많은 내 삶의 조각들
하나하나 맞춰보면
잘 살아온 듯 하나

저 푸른 하늘
한 조각 구름처럼
내 삶이 작고 초라하게
느껴지는 건 왜일까

아마도
내가 지금 많이 힘든가 보다
아마도
내가 지금 많이 외로운가 보다
아마도
내가 지금 위로를 받고 싶은가 보다

그래서 나는 나에게 말해본다
지금 이 순간
널 내가 많이 사랑해 줄게

그리고 넌
지금도 아주 멋지고 잘났어
그러니 힘내라

원더풀 당신!

지금의 나를 만난다

아픔만 연속되는 날이 아니기에
나는 숨을 쉬며
내 삶을 돌아볼 수 있는 여유가 있는 것이다

슬픔의 날들로 눈물만 흘리며
내 삶의 시간들을 보내지 않았기에
나는 지금의 나를 만난다

세상 제일 멋진 진아
널 사랑하는 만큼 나는 더 열심히 살려 해
이겨내는 모습
꼭 지켜봐주렴 사랑해
ㅎㅈㅇ

내 딸 효림에게

내 딸아
사랑하는 마음을 말로 다 표현하기 힘든
내 어여쁜 내 딸

너는 내 삶의 친구이자 남편이자 부모란다
너는 내 삶의 기쁨과 행복을 주는
가장 큰 존재란다

내 딸아
엄마는
널 아주 많이 사랑한단다
엄마는
널 행복한 삶의 주인공으로
인도해 주고 싶은 맘뿐이란다

사랑하는 내 딸아
부잣집 딸로 태어나 호강할 수 있는데
엄마 딸이 되어서 어쩌냐는 말에
넌 나에게 이렇게 답했지
그저 마냥,

엄마 딸인 것만으로 전 행복하고 부자여요
사랑하는 엄마를 만난 건
내 삶의 가장 큰 기쁨이었답니다

어여쁜 나의 마음을 한가득 담고 이젠
너의 화려한 삶을 응원하며
안녕하련다

행복해라
내 딸 효림아

사랑하는 나의 엄마가~

제5장 화려한 나, 당당한 나, 웃자!

아침 소리처럼

어둠의 빛이 사라지는 순간
새소리는 귀를 타고
입으로
새로움의 시작을 알리는 아침 소리

꿈을 꾸었는데
슬픔이 가득했던 어젯밤 그 꿈은
다행히 아침을 맞이하며
안개처럼 사라져버릴 수 있는 행운이 따르는
아침 소리

매일 반복되는 시간이라
아쉬움이 없어 보이는 아침은
사실은 내일이 기약되지 않은
아주 무서운 녀석이다

아침 소리를 듣는 이 순간에도
누군가에겐 간절함이요
붙잡고 싶은 인생 시간이다
소중하고 귀한 아침 소리처럼 살자

큰 힘이 되어주는 사랑

세상
큰 힘이 되어주는 내 사랑들아 너희는
언제나
내 편이 되어준다고 말해주었지
힘들면
너만 생각해도 된단다
힘들면
엄마에게 기대어도 된단다

언제나 그 자리 그곳에서
자리잡고 기다릴게
너희는 그냥 오면 된단다
사랑하는 내 새끼들아

나의 오라버니

남매라고 말한다
우리를
나는 동생
그 사람은 오빠

가난해서 서로를 괴롭혔다 생각했는데
상처가 많아 아프다고만 여겼는데
아니었다
나의 오라버니는
나도 모르는 아들이라는 무게
아버지 어머니를 위한
책임감에 혼자서 아파했던 것 같다

혼자 하면 아픈데
나와 함께하자고 말하지 못한 나도
역시나 현실 앞에
말도 못 한 채
홀로서기 되어가는
나와 오빠를 바라보며 살아간다

우리는 그렇게 서로를 아직도 잘 모른다

원더풀 당신!

마음 리셋(Reset)

나는 몰랐다
내 마음이 늘 건강하고
늘 씩씩하게만 살고 있는 줄 알았기에

이젠 알게 되었다
내 마음도 때론 리셋되어
다시 태어나고 싶어 한다는 걸

한 번씩
용기를 내면 되는 것들이었다
다시 시작하려는 마음이
있었다면
어디서
무엇을
어떻게 하든 간에

나는 다 해낼 수 있을 터였으니
지금부터 리셋버튼을 누르며
다시 시작해 보자

사랑하면 사랑하는 대로

사랑하면 사랑하는 대로
좋아하면 좋아하는 대로

마음 닿는 그곳에서
좋은사람들과
행복한 마음으로
우리 행복했으면 한다

싫은 사람이 있으면
싫어서 몸부림치지 말고
싫은 사람을 피해 가는 것도 좋아
싫은 사람도 싫은 이유가 있을테니

그 누구도 원망하지 말 것!
알겠지?

원더풀 당신!

착각 속에서

내가 좋으니
당신도 좋은 줄 알았다

내가 맛있으니
당신도 맛난 줄 알았다

내가 행복하니
당신도 행복한 줄 알았다

그런데 아니었다
내가 참 많이
착각 속에서
나를 합리화하며

나를 위로하고 있었다
내가 나를 착각하며

용서도 용기가 필요한 법

상처를 주기에
미웠고
아픔을 주기에
보기도 싫었던
사람들이 있었다

그들은 나에게
늘 그렇게 아픔 미움 슬픔을 먼저 안겨주었기에
가족이라 생각하기엔 남보다 못했지

시간이 흘러
많은 나날은 그렇게 의미 없이 지났지
용서를 해야 하는데
용기가 나지 않았다

용서는
억지로 한다고 되는 게 아니다
시간이 약이라는 말처럼
그냥 그렇게
각자 살다가 만나면

자연스레
용서할 수 있는
용기가 날 것 같다
자연스럽게

제5장 화려한 나, 당당한 나, 웃자!

가시 돋친 말 한마디

누군가
당신의 독설에
당신의 가시 돋친
말 한마디에

마음은 깨지고
몸은 한없이
아플 수 있습니다

그만 멈춰요
부메랑 되어
당신에게 올 겁니다

빈틈

너무 완벽하기보단
약간의
빈틈이 생겨야
인간미가 보이지

더 완벽할 필요는 없어

지금도 넌 최고야

제5장 화려한 나, 당당한 나, 웃자!

후회하지 않으려면

타인의 감정을
매번 무시해가며 살아가는 사람아

지금
한 번만이라도
따뜻한 마음이 되어
너를 돌아봐
나를 바라봐

후회스런 날들이
수없이 많을 거야

후회하지 않으려면
지금 돌아봐

처음 같은 맘

설레고
벅차고
기대되던 날
그런 날
기억나니
뭘 해도
될듯했던
내 청춘의 그날들

그중
첫날
처음
초심의 날
그날을 잊지 말렴

기다려봐

잘될 거야
아직
아무것도
결정된 게 없잖니

그러니
인내하며
잠시 기다려봐

원더풀 당신!

나는 내가 더 좋다

화려하지만, 아름다운 나로
당당하지만, 겸손한 강사로
웃음이 많지만, 아픔을 이길 줄 아는 나로

그렇게 나는
내 자리를 지키며
당당함과 화려함 속
강인한 잡초 같은 나날을 보냈다

그렇게
자라났다
그렇게
꽃피웠다
그래서 나는
내가 더 좋다

짧은 여유

먼짓덩어리만큼
가볍지만 치워야 할 것들이
가슴에 쌓였다가

비가 내리니
비로 인해
씻겨나가네

내 모든 세포도 숨을 고르며
간만에
짧은 여유를 부리네

당연한 건 없다

내 인생에
오늘 하루의 시간은
당연하지 않다

당연한 건 없다
해가 뜨고, 달이 뜨고
비가 내리고, 눈이 내리는 순간순간
구름이 둥실둥실 흐르는 일도

매사
늘
감사함이다

난 웃고 싶다

오늘도 내일도
슬픔과 기쁨 안에
존재하는 나는

그 누구보다 더 많이
그 누구보다 더 넓게
그 누구보다 오랫동안
진정한 내 모습으로 살고 싶다

원더풀 당신!

있는 그대로 사랑해 주자

맞지 않은 옷을 입힌 것처럼
어색한 나 말고
잘나지도 세련되지도 않은
그냥 있는 그대로의
멋진 나!

있는 그대로의 나를 사랑하려 하자
가장 편안하고
가장 행복한
미소로
나를 사랑하는 나

그것처럼 멋진 일이 또 있을까

사랑이 지나간 자리에 홀로 남은 채

가슴으로 안으려 했지만
붙잡을수록
더 멀어져가는
그 모습이 초라한 내 얼굴 같아
너무도 안타까워
이내
못 이긴 척하며
돌아서 버렸네

후회하고 있지만
아니라고
말하려 하네

그럴수록
내 삶이 불편해지니
그럴수록
내가 나를 더 아프게 할 터이니

지금 이 순간
사랑이 지나간 이 자리에 남았지만
나는
잘 버틸 수 있으리라
나에게
믿음을 심어보네

세상에서 제일 아름다운 꽃

이 세상에 가장 아름다운 꽃처럼
나는 그렇게
나의 팔색조 매력을 뽐내고 살아왔다
후회 없이

세상에서 제일
아름다운 꽃으로 필 순간에도
세상에서 제일
힘겹고 아픈 꽃으로 필 순간에도

나는
여전히
아름다운 효진이었다

너무도 아름다운…

영화 속 주인공처럼

매일 꿈을 꾸었지
다 잘될 거라고

매일 생각을 했지
다 잘 이루어질 거라고

매일 다짐을 했지
꼭 해낼 거라고

내 인생의 조연출 같은 시절에도
내 삶의 주인공 같은 주연 시절에도

변함없는 내 열정의 내 삶의 주인공이 되리라 했던
내 삶의 나는
영화 속 주인공처럼 행복하다

지금부터

나는 지금
더 커가고
더 단단해지고
더 씩씩해지고
더 용감해지고 있는 중이다

그러니 더 지켜봐야겠다
그러니 더 힘을 내야겠다
그러니 더 행복해야 겠다
지금부터

원더풀 당신!

한 번만 더

신호등이 바뀌고
사람들은 각자 갈 길을 서둘러 가는데

실패 한 번 했다고
사람들 속에
나는 멈춰 있다

성공하면 좋았겠지만
나는 성공과 더불어
아픈 하나를 또 얻었다

한 번만 더 해보자
한 번만 더 힘내자

넌 할 수 있어

내 능력은

나에게 주는 많은 사랑 앞에
축복이라 여기며
나에게 내려지는 날들을
이겨내려 애썼다

사실은
내 능력은 무궁무진하다 여기는데
현실은
내 능력을 능가하지 못하게 만드는
장애물들이 너무 많아
상처 입고 아플 때가 많았다

그럼에도 불구하고 지금 나는
내 능력은 펼쳐지지 않은 내일이라는 희망이요
내 능력은 무궁무진한 넓은 바다와 같기에

나는 지금 행복하기 그지없다

살며시 속삭이듯

내게 말해주는
너의 무궁무진한 힘이
내게 에너지가 되었어

고마워
네 덕분에
네가 있어 주어서
너로 인해

오늘 힘이 난다

제5장 화려한 나, 당당한 나, 웃자!

기억 속 추억 한 장

기억은 아련하다
밀물과 썰물처럼 아슬아슬하게
뇌리를 스치곤 한다

기억은 아픔이 더 강하다
숲길, 언덕길, 비탈길을 걷다 보면
불현듯 다 떠오르는 것처럼

기억은 기쁨도 간혹 떠오른다
뛰다, 걷다, 느리게, 빠르게
템포에 맞춰 생각나는 것처럼

모든 것들이
아련하고 아쉽지만
후회하지 않아야 하는 이유는

그 하나하나도 역시
추억의 한 장이기에…

원더풀 당신!

내 마음의 씨앗

작은 씨앗은
작은 희망을 품고 있지만
시간과
추억이 흐르는 만큼
내가
간직한 한 희망으로 한없이 부풀어
내가
가고자 하는 내 삶의 자리로
나를
운반해 준다

내 마음의 씨앗은
그렇게 내 존재를 멀리 펼치며
널리 이름 알리는 아주 멋진 놈이었다…

글을 통해 나를 표현하고
글을 통해 나를 달래주며
글을 통해 나를 성장시켜 주었다
내 마음의 씨앗은

웃음은 참 인생이다

웃음은 보약이 아니고
참 인생이다

웃음이 밥보다 맛난 건
살아야 하는 이유를
일깨워주기 때문이다

웃음이 옷보다 좋은 건
내가 아름다움을 뽐낼 때
짝꿍처럼 있어 주기 때문이다

웃음이 돈보다 좋은 건
내가 우울하고 슬플 때
늘 지팡이처럼 힘이 되어주기 때문이다

웃음이
꼭 살아야 하는 이유는 아니지만
한바탕 웃고 나면 누구든
다시 살아보고 싶게 만들기 때문이다

웃음은 누구에게든
생로병사의 친구가 되어준다

원더풀 당신!

강단에 선 임효림

강단에 선 나의 설렘과 기쁨이 교차하는
희열감은
무엇으로도
비유될 수 없기에

강단에서의 나는 실버계의 아이유!
강단에서의 나는 어르신들의 이미자

이런 나는 내가 너무 좋다
이런 나는 내가 너무 자랑스럽다
이런 나는 날 이렇게 만들어 준 나에게 또 인사한다

고맙데이
고맙데이

자신감 있고, 명랑하고, 씩씩한
효림이로 만들어 준
임 효 림
너는 세상에서 가장 빛나는 빛이여

사랑하는 나에게

세상 가장 아끼고 사랑하는 나에게
어두운 터널이 계속된다면
나는 아마도 지금 이 순간

이 글을 써가며
나를 위로할 여유는 없었을 거야

세상 가장 소중하고 행복한 나에게
고난과 고통이 반복되기만 했다면
행복한 지금 이 순간이 없었다면
나를 안아줄 가족도 없었다면…

나는 아마도 과거 속에서 허덕이는
나약한 사람에 불과할 거야
나는 아마도 세상을 원망하며 하늘을 향해
절망을 호소하다 쓰러졌을 거야

갈림길에 서서 나는 선택을 했어
현재의 나를 발견하기로
나의 미래에 가치를 두기로

원더풀 당신!

덕분에 에너지는 나에게로
우주의 법칙처럼 다가오고 있음을 감지했어
바로, 지금

제5장 화려한 나, 당당한 나, 웃자!

원더풀 당신!

임효림 지음

발행처   도서출판 **청어**
발행인   이영철
영업   이동호
홍보   천성래
기획   육재섭
편집   이설빈
디자인   이수빈 | 김영은
제작이사 공병한
인쇄   두리터

등록   1999년 5월 3일
         (제321-3210000251001999000063호)

1판 1쇄 발행 2024년 8월 30일

주소   서울특별시 서초구 남부순환로 364길 8-15 동일빌딩 2층
대표전화 02-586-0477
팩시밀리 0303-0942-0478
홈페이지 www.chungeobook.com
E-mail   ppi20@hanmail.net

ISBN   979-11-6855-271-5(03810)